콩을 열었다.

(어린이 시인들의 봄과 여름)

콩을 열었다. (어린이 시인들의 봄과 여름)

발 행 | 2022년 07월 25일
저   자 | 김해합성초 4학년 1반 김소미, 김지성, 노유찬, 문정현, 박경배, 배수현, 안건우, 이지우, 이하, 이효정, 전소영, 마르크, 블라디, 이에카, 크리스티나, 장화녕, 아르세니
펴낸이 | 한건희
펴낸곳 | 주식회사 부크크
출판사등록 | 2014.07.15.(제2014-16호)
주   소 | 서울특별시 금천구 가산디지털1로 119 SK트윈타워 A동 305호
전   화 | 1670-8316
이메일 | info@bookk.co.kr

ISBN | 979-11-372-9004-4

www.bookk.co.kr

콩을 열었다

김해합성초 4학년 1반
김소미, 김지성, 노유찬, 문정현, 박경배,
배수현, 안건우, 이지우, 이화 ,이효정, 전소영,
마르크, 블라디, 이에카, 크리스티나, 장화녕, 아르세니
지음

CONTENT

"아이들의 시는 온몸으로 토해내듯이 쓰는 것이다. 아이들의 생활에는 살아 있는 감동이 충만해 있어서 그것을 그대로 잘 표현하면 된다. 이 '잘'이라는 것은 이른바 기교가 아니다. 감동을 가장 소박 솔직하게 나타내는 방법이다. " - 《어린이는 모두 시인이다》

2022학년도 김해합성초등학교 4학년 1반 어린이시인들과 한 스푼 시 짓기 프로젝트를 진행하였습니다. 그 과정 속에서 아이들의 일상 그 자체가 빛나는 선물이고 보물이며, 성장이라는 것을 확인할 수 있었습니다. 이 시집의 시들은 아주 짧은 시간 안에 아이들이 온몸으로 토해내듯이 쏟아낸 2022년의 봄과 여름에 대한 기록이며 예술입니다. 다만 외국인 친구들 중 표현에 어려움이 있는 친구들의 시는 많이 싣지 못했습니다. 우리 반 모두가 함께 참여했다는 것에 의미를 두며 끝까지 함께 달려준 아이들에게 감사한 마음과 기쁨을 나누고자 합니다. 독자님들께서도 마음 문을 활짝 여시고 아이들의 시 세계로 푹 빠져 보시길 바라며, 이제 예술가로서의 삶에 첫발을 내디딘 11살 어린이 시인들에게 따뜻한 응원과 격려 부탁드립니다.

창작하는 기쁨을 평생 이어나가길 바라며
이 작고 귀한 책을 열도록 하겠습니다.

제1부 일상이 선물이라서

콩을 열었다

엄마의 생신

이화

우리 태권도 에선
말을 잘듣거나
열심히하거나
도복을 자주입으면
포인트를 준다

그래서

포인트를 열심히
모아

10000원이 되었다
문화 상품권으로 바 꿔서
엄마께 드렸다

엄마께서 좋아하시니
나도좋다.

도순이

이효정

드르렁 쿨... 드르렁 쿨.....
잠자는 도순이

밥먹자고 하면 무조건 잠자는 척
그럴 땐, 머리 한 대 톡!
"뿌엉"- 뭐만하면

밥먹기 싫다고 도망을 간다.
"뿌에기 기엥뿌뿌에엥!"

포켓몬 빵   문정현

우연히 들어간
편의점
봐보니 포켓몬 빵
있다

그 이름은 피카피카
앙버터 샌드
잽싸게 포켓몬빵을
계산한다

먹어보니
버터와 팥이
어우러져서
맛이쫗다
안에있는 띠부씰
까보니
078번 날쎙마
생각보다
좋을게나와서
놀란다

제일 싫은날

김지성

오늘은 제일싫은 날
꽤나하면 학원을 가야해서

6월 21일

불행의 싸움

전소영

오늘 아침
동생이랑
싸움 시작!

동생이 가만히
있는 나를
또 때린다.

나도 똑같이
때린다.

그렇게
불행의 싸움시작!

(2022.4.27)

현장체험학습

배수현

현장체험학습 가는날!
너무 신나고 기대가 된다
내 콜라가 으… 새어버렸다

그래서 나,에카,화녕이랑
셋이서 열심히 닦았다

으~아~ 내 콜라

(2022. 4. 13. 수)

새로운 컴퓨터

전소영

와~!!
"너무 신나망"
오늘 정확히
10시 30분에
나만의
새로운 컴퓨터가
우리 집으로
이사 온다.

생신

안건우

아버지 생신!

전화 해 올 수 있나
물어 봐야지!

아버지는 전화 받고
이렇게 말하시네?

"못오지만 전화해
줘서 고맙다고
하시네?

아쉽다..

4월 25일
월요일

〈제티〉

김소미

쉬는 시간
누가 제티를 주었다.
오랜만에
먹는 제티
너무 맛있다.
1학년 때
먹은 적이 있다.
다음에도
또
먹고 싶다.

(2022/4/19)

< 부산 다대포 >

박경배

부산 다대포에 갔다.
할머니가 부산에 계셔서
매주 일요일마다 간다.
해산물많고
바다도 출렁출렁 한다.

할머니는
내가 좋아하는 회랑
내가 싫어하는 멍게를 샀다
바다도 봤다.

스포츠 스태킹

장화녕

오늘 점심 때
스포츠 스태킹
이라는 활동을 했는데
"우당쾅쾅"!
우리 반 전채가

전부 어런 소리다
그레도 재미잇고
말 그대로 스포츠다
스피드를 내서 컵을
쌓는거다.

물 웅덩이

김소미

오늘 수업시간
밖으로 나갔는데
비가 안온다.
당황

시간이 흘러
친구가 오라해서
갔더니!
물 웅덩이가 있다
애들이 훈훈하게 있다.

물 웅덩이에서
놀면서 있다.
물 점점 빠진다.
물을 막으려고 하니
안된다고 해서
어쩔 수 없이 그대로
두었다...
다음에도!
놀고 싶다.

공원

마르크

나는 토요일에 공원에
뱀 다람쥐도 봤어요
비빔밥도 먹었어요

다문화 북카페

오늘 보니   문정현

북카페 하네

과자와
음료수를

들고 와서

나중에할

북카페가
기대 되네   5.24(화)

대병초와 괴물

아화

2교시에 대병초와
나의 특징이
들어간 괴물을 만든다

너무 재미있다

내가 만든 괴물 색깔
내가 좋아하는 색이다
(아무도 모르겠지!)

똥

이효정

도마뱀이
푸득-하고,
자라가
후우욱-푹! 하고,

동글 동글 마리모가
소리 없이 하고

모두 똥 싼다.

4월 25일 월요일

생일 선물 받아!

어제 만든
친구들 생일 선물과
선생님 카네이션
긴장이 되서
8시 일찍 교실 도착

누가 있을 줄 알았는데
옆반도 우리반도 아무도
없다
너무 당황스러워

(2022. 5. 9. 월)

스포츠 스태킹

이효정

처음 보는 플라스틱 컵
12개가 차곡차곡 쌓여있다
처음엔 3-6-3이
어려웠는데

연습하니,

5초라는 최고 기록,
만족하는 숫자가 나왔다.

한솔이
      이에카
한솔아
다른 강낭콩들은
너보다 너도 쑥쑥 자랐어
너가 작다고 서운해 하지마
자기를 믿고 잘 자라봐
너는 그래도
세상에서 제일 작은 건 아냐
함내!

돼지고기 보단

집에서 맛있는
돼지고기를 먹는다!

그렇지만, 돼지고기 보단,
떡이지!

쫀득 바삭 떡.

그리고, 돼지고기 보단
감자지!

달달 부드러운 감자.

또 먹고 싶다.

<4월의 끝>

김소미

드디어
4월의 마지막이다.

분명
4월 첫 날이
어제 같은 테...

너무 빠르다.
4월달에 못한 걸.
5월 달이 돼면
꼭 꼭
도전할거다!!

(2022/4/29)

마우스에 장난질

이지우

마우스 딸깍! 딸깍! 딸깍! 소리
전세계에 울리네

딸깍딸깍딸깍! 마우스 고장고장!
선생님이 햇을땐 마우스 수리수리!

으아아아아아아아아 ! !

도도 탈피

이효정

도도이가 탈피를 했는데
동생이 도도

탈피 못한다고 벗겨주다
탈피하는 법 까먹을까
걱정이다

도도 손 모양 그대로 예쁘장한
탈피 껍질

다음 날 없어 버렸다

5월 23일 월요일

포켓몬 빵

배수현

포켓몬 빵 구하려고
새벽 6시 일어나서
우리집이랑 가까운 CU로
간다
 아침 10시에 물류차가 온다고
한다

 다른 곳도 가 보지만
 다 없다고 해서

 너무 슬프다

(2022. 5. 13. 금)

1교시가 재미있다

콩컹콩컹~

장화녕

1교시에 도덕
밖에서 비를 맞아야하는데
비가 안 내려온 대
조금 비가 온다
"콩컹콩컹" 우산에서
소리가난다

풍덩~

놀이터에서
물웅덩이를 발견하자마자
바로 간
그때!!

지우랑유찬이가
갑자기 양말을 벗더니!
"풍덩" 장시효 다~젖었다

바둑

문정현

나는 점점
바둑을

좋아하나?
생각이든다

재미있고
기술을
배워서
좋다

마트에서
바둑판을
사고싶고

마빠와
하고싶다   6·9[목]

대병초 만남

노유진

대병초 4학년
친구들이랑 같이
리본을 그린다.

그림을 다 그리고
우리반 친구들이
대병초 친구들 한테
그린 그림을
보여 준다.
대병초 친구들도 우리
한테 보여 준다.

마크 랑 와해한날

블라디

마르크랑 싸웠다.

에카, 크리스티나, 마르크 가
나와 이야기 하지 않았다.
그래서 조용히 앉아 있었다
4교시 끝나고
밥 먹으러 가야 한다.

밥을 먹는데
마르크가 나랑 이야기했다.

나는 깜짝 놀랐다.
내가 말 했다.
뭐라고?

〈 정현이 놀람 〉

박경배

비가 주르룩 와서 버스를 재 빨리 탔다.
빨리 학교에 와서 정현이를 놀래 켰더니
정현이가 화가나 날 잡으려고 했다.

2022/6/14

내 생일

이화

그토록 기다리던
내 생일

내가 좋아하는
내 생일

생일에는 하하
웃음이 절로 나온다

선물도 케이크도
다 좋다

<КАК Я УПАЛА В ОЗЕРО⟩

МЫ С МАРКОМ, С ВАШЕЙ, С МИЛАНОЙ
ХОДИЛИ ГУЛЯТЬ ПОД ДОЖДЁМ. И ПОТОМ
МЫ ЗАХОТЕЛИ НА ОЗЕРО И ТАМ МЫ
МАЧЛИ НОГИ. ПОТОМ МЫ ЗАХОТЕЛИ
ПОЙТИ НА ДРУГУЮ СТОРАНУ. КОГДА МЫ
ПЕРЕХОДИЛИ ДРУГУЮ СТОРОНУ Я В
ОЗЕРО ПОТМУ-ЧТО ТАМ БЫЛА БОЛЬШАЯ
ГЛУБИНА И Я ТУДА У ПАЛА Я СВОЙ
ТЕЛЕФОН ЧУТЬ НЕ НАМАЧИЛА И
БЫЛО ОЧЕНЬ ВЕСЕЛО НО ТОЖЕ ВРЕ-
МЯ ТАК СЕБЕ, МНЕ БЫЛО ХОЛОДНО
НО ПОТОМ МЕНЯ ПОСУЩИЛА ДАША
И Я ПОШЛА ДОМОЙ.

크리스마스

학교는 끝나고 에카랑 같지 영어에 기다리고 있었어요. 에카는 저 집에 가고, 저기서 배를 먹었어요. 에카는 저 집에서 가방을 나두고, 공원에 갔어요. 아이스크림을 먹고, 공원에 놀았어요. 그래서, 에카랑 거수에 갔어요. 거수에서 물고기를 잡았젔어요. 그리고 저기서 물고기를 안 잡았는데 그러지만 너무 좋았어요. 그래서 에카는 집에 가고, 그래서 저도 집에 갔어요.

매미의 울음 소리

이지우

학교 가는데 매미에 찌이이이이이! 소리

태권도 가는데 매미에 찌찌이이이이이!소리

집 가는데 매미에 찌치이이이이이소리

밥 먹는데 매미에 찌지 이이이이!소리

자는데 매미에 찌치이이이이! 소리

매미는 언제나 내 곁에 있다. 찌찌이이이!

눈

이효정

눈이 안 좋아
2년 전 까지만 해도
1.5 라는 높은 시력

지금은 왜 이럴까
0.2 라는 시력,

안경을 끼면 옛날로 돌아 간다.

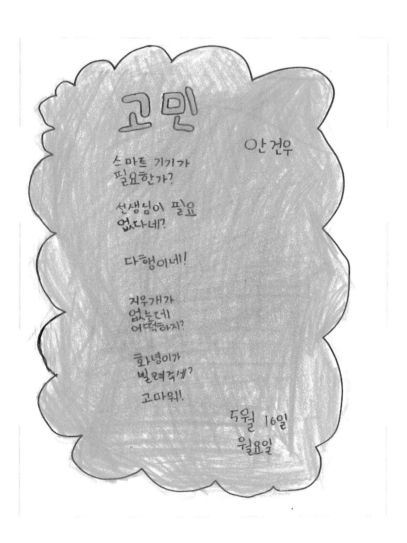

고민

안건우

스마트 기기가
필요한가?

선생님이 필요
없다네?

다행이네!

지우개가
없는데
어떡하지?

화녕이가
빌려주네?
고마워!

5월 16일
월요일

동생아잘좀찾아봐

이지우

동생이 왔다갔다 대굴대굴
내눈은 어질 어질 동생이신발장을 못찾아
데굴데굴 왔다갔다 동생아잘좀 찾아봐ㅠ

1

합숙

이화

오늘은
합숙하는 날

심장이 두근두근
떨린다

상품이
워낙 좋아

모두다
가지고 싶다고
난리를친다

미래교육

배수현

미래교육에서 엔트리봇을 하였다
오랜만에 엔트리봇을 해서
너무 즐겁다

예전에는 패드로 했다

노트북으로 해서
재밌었다

(2022. 5. 19. 목)

미래교육

배수현

미래교육에서 엔트리봇을 하였다
오랜만에 엔트리봇을 해서
너무 즐겁다

예전에는 패드로 했다

노트북으로 해서
재밌었다

(2022. 5. 19. 목)

〈 급한 버스 〉

다리가 아팠다.   박경배
버스 시간은 6분 남아서 뭐있데

버스가 왔다.

버스가 와서 좋지만
또 다리가 아팠다.

2022/6/16

아빠와 슬라임 카페에서놀기

이화

아빠와 슬라임으로 논다

말랑, 쫀득

재미있다

난 아빠와
노는 게 좋다.

강낭콩 강뿌리

이효정

울퉁불퉁 강뿌리
밥도 꼴딱 꼴딱
맛있게 냠냠

튼튼한줄기

잎들이 서로
부딪친다

강낭콩 강뿌리
지금도 많이 많이 보고싶다.

무더위

안건우

날씨가 덥단다.
무려 3.0도!

그래서 그런지
걸어도 땀이

주르륵

완전 여름돼면
더워 죽겠네....

6월 20일
월요일

여름 아이스크림

전소명

여름 아이스크림
정말 맛있다.
겨울에 먹으면
맛 없는데...
왜 여름에
먹으면 맛있는 걸까?
난 그 미스테리가 아주
궁금하다

늙은 새싹이

전소영

우리 새싹이
아주 작은 콩이었는데
이렇게 쑥쑥
커줬었네

너의 콩도 아주
이쁘고 귀여웠어!
꼬꼬미였던 니가
이제 엄마가
되었어!

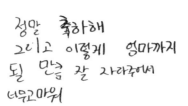

정말 축하해
그리고 이렇게 엄마까지
될 만큼 잘 자라줘서
너무고마워

아르세니

Я жил в Казахстане это моё родная страна. Но у нас не было денег намного мама купила билет с дядей и уехал в Корею и мама купила дом с дядей и потом мама устроилась на работу когда Я приехал в Корею 2 в июне с братьями и с папой и мы потом папа устроился на работу завод и потом мама с папой договорились чтобы я с братьями пошёл в школу и у меня хорошее настроение.

여름

문정현

여름
더운 여름

비가 오면
습 하고
더워서
싫은 여름

에어컨과
선풍기
있으면

시원시원
여름 걱정
날라간다

롯데워터파크

배수현

계절 체험학습으로
롯데워터파크를 갔다
3, 4학년은 7월13일날에 가고
5, 6학년은 7월14일 다음날에 간다
정현이는 지부 때문에 못가서 재미있는 활동을 한다

롯데워터파크 안에 들어가는데
엄청기다렸고
친구들도 기다리는데도 엄청기다렸다

와~ 엄청크고 시원하다.

2022년 7월14일 목요일

수박

통통 두드려산
수박은

아즉 달고
맛이있다

여름이면
생각나는
수박

시원하고
단수박

냠냠 쩝쩝
아이
맛있다

문정현

제 2 부 생각이 보물이라서

예쁜 꽃

크리스티나

꽃은 예뻐요.
그리고 너무 귀여워요.
더 높고
자랐어요.

대벙초

장하년

2교시 4교시 대벙초랑

그림그리기를 했다

자신의 괴물 캐릭터를 그렸다

내 꺼는 엉망이다(?)

다른 사람은 정말잘했는데

나는 좀 그럭저럭인 그림이다

대벙초

콩콩이

문정현

강낭콩을 심어서
태어난
새 생명
점점자란다

엄청크다
비싼물건보다
더값진 생명

우리 콩콩이

〈 헬리콥터 〉

박경배

헬리콥터 두대가 보였다.

한 헬리콥터는 검은색
전투 헬리콥터 같았지만
산의 불을 끄는것 같았다.

내가 볼때
산불이 안나는것 같아는데
그때 아주 큰 소리가 났다.

헬리콥터가 완전 컸다.
근데 헬리콥터들이
똑같은 곳으로 갔다.
엄청거대 했다.

내가 좋아하는 인형

                     이에카

내 인형은 하얗고
볼은 핑크
우리집 안녕
그 인형은 오리 같은 인형
그 인형이름은····빵빵덕

내 인형 이름은 littel
인형은 머리가 묶여저있다
입은 주황색
인형에 핸드폰을 넣을수 있다
가방 인형이어서
그 인형 산타가 죽었다

바른 글씨

문정현

글 쓸 때
예쁜 글씨로
쓰기를
다짐한다
내가 글씨를
날려 써서

이번에는
글씨를
예쁘게
써봤다

5.31(화)

세상에서 가장큰책

배수현

세상에서
제일 큰~책을 보았다
내 책상보다
살짝 더 크다

그 책의 이름은
다다다 다른별 학교다
정현이가 가져온 큰책

우와~진짜 크다
짱짱책 ㅋㅋㄹㅃㅃ ㅎㅎ

(2022.4.12.화)

<곧 20번>

김소미

아침 활동 시간에
'그늘을 산 총각'을
읽어 본다.
곰곰히
생각 한다.

그늘을 어떻게
산 걸 까?
다 읽으니
너무 재미있다.

성장노트에 쏙쏙
와~! 드디에19번이다!
20번아 기다려라!

(2022/5/19)

꽃

문정현

꽃 예쁜 빨간 꽃
부드러운 빨간 꽃
벌들이 꿀을 먹기위해
꽃에게 다가간다

"꿀을 먹어도 되겠니?"
"그래 괜찮아"
나는 벌들이 무섭지만
꽃은 벌들을 반긴다

초록풀들과 함께있는
빨간 꽃들
꽃들은 계속피어있다

강낭콩의 열매

안건우

강뿌리라는 우리 모둠의
강남콩.

쪼개보니 하얀
강낭콩, 붉은 강낭콩.

선생님이 키워도
된다고 하니

효정이가 키운다네?
잘 크면 좋겠네.

배가 아파

이화

밤에 누가 내 배를
주먹으로 친다
계속 친다
퍽, 퍼벅, 퍼버벅

너무 아프다

하지 말라고
말하고 싶지만

아파서 말이
안 나온다

〈강뿌리〉

박경배

강뿌리가 많이 멋지게 자라서
뿌듯하고.
제일 먼저 자라서 다행이었어.

지금 건강한 모습은 아니지만
아직 강뿌리가 살아 있으니
건강하게 자랄수 있을 거야.

2022/.

강뿌리
는 건강할
거야!

비우산
노유찬

우산 쓰고
밖으로 나갔는데
비가 안내려서
우산을 안쓰고
운동장 놀이터로 간다.

놀이터 미끄럼틀
꼭 물이 모여있다.

장화를 신고온 친구들
물이 모여 있는데에 간다.

나랑지우는 신 발을
벗고 양 말을 벗고
같이 안으로
들어 간다.

선생님

　　　　김지성

선생님은 학생을 가르친다
선생님이 화나면 정말 우섭다
화났다가 올었다가 참신기하4
선생님은 꼭 신호등 같다
화4 면 빨강불 웃으면 초록불
참신호등 같다

콩콩아....
장화녕

콩콩아 이제

작별해 야 할 시간

이 왔구나

ㅠㅠ

그동안 고마웠어

신경 써 주걱 못해서

미 안 해

누룽지

안건우

맛있는 누룽지.
잘 먹고 학교가는 길.

걸어가는 친구, 뛰어 가는 친구들
그리고 오토바이 타고
오는 친구.

차까지 타고 오는
친구들

누룽지 먹으면
힘이 나

차보다 빠른 것
같지만

차는 앞서가네.

환경지킴이

환경지킴이 활동을
실천했다

문정현

물이 오염 되지안는게
샴푸나 린스를
쓰지 안았다

환경지킴이

활동을 해서

뿌듯 뿌듯

6·10(금)

수현

정지성

매일 아침 학교에서
수현이를 만나서 너무좋다

수현이는 오늘 돈이 부족해서
포켓몬빵을 못사봤다고한다

그래도수현이가 선물이다

6월30일

대병초와 미술

배수현

3교시는 과학시간이여서
2, 4교시에 대병초를 만난다
2교시에 괴물 캐릭터를 그린다
그런데
3교시에 과학않가는 것은 모른다
저번에 2시간이나 과학에
있어서 오늘 과학을 않간다
그럼 아무도 몰랐다
그래서 3교시에는 마저 못본
영화를 봤다
4교시에 다 설명을 하고
그림을 보여 주었는데
헉
대병초 친구들 왜이래
잘하지?
당황스러웠다

보라꽃은 어디에 있어!

배수현

꽃을 찾으러 갔다
화녕이랑 나는 보라색 꽃
보라 꽃을 찾아 3만리다

선생님께서 11시 25분때
모이라고 하셨다
우린 그 동안 열심히 찾는다

나랑 화녕이는 겨우
3개를 찾았다

거의 다 핑크 색끝다.

(2022.5.17. 화)

대병초와 괴물그림

전소영

오늘 2교시와 4교시에
대병초와 함께
괴물그림을 그렸다.
난 약한 것 같다.
그림에 소질이
없는 것 같다.

콩콩이는 귀여워♥

콩콩이는 이름도 귀엽고♥ 이지우
스카이 콩콩을 타서

콩콩이가 됀것 같다.

2

학원

김지성

월요일은 학원을 안 가는날
집에 바로 간다

집에 가면 뭐 하지
집에 가면 누나를 기다린다

5월 30일

열매

문정현

콩콩이
콩깍지를
벗기자

그만
콩도
쑥쑥
자른다
너무
불쌍해
안타깝네

새싹이

노유단

새싹이는
다른 애들보다.
조금 작지만
다음 꾹 자랄 수 있어서
새싹이가 다른 강낭콩 보다.
제일 좋아요.
새싹이가 많이 자랐으면
좋겠어요.

새싹이 화이팅!!

대병초와 그림그리기

이효정

대병초와 괴물을 그렸다.
물감 칙칙
모든 재료를 써서
예쁜 그림 탄생

안 진우

임서영

진우는 닭 이다
왜그럴나면
진우는 화 나면 소리를지르거나

책상을 두드리고
기분 좋을땐
그냥 게임 하면서 있노나
진우닭 이다

닭은 소리를지르고
얌전 할땐 그냥 있노나
참닭같다

용기는 ...

배수현 ♡

선생님께
우리가 만든 <용기는...>이라는 책을

보여주신다
친구들이 나랑 지성이가
그린 걸
친구들이
선생님께서 그린게 아니냐고
한다

나랑 지성어는 너무
뿌듯하다

(2022. 6. 14. 화)

신기한 책

전소영

이른 아침.
학교로 출동을
했는데.
소미가 아주
신기한 책을
보고 있네?!

그 책 제목은??
"그늘을 산 총각"!

그냥 책이 아니라
무지개 처럼 "슈르르룩"
펼쳐진다.
나중에 내가 볼거야!

사사샥! 스피드 스태킹 대결!

호징이 와 스피드스태킹 대결! 이화
연습할땐 자신만만◇
대결 한땐 ㄷㄷㄷ ㉜

준비～ 시작!

차차착 사사샥!
'괜찮아 차근차근 (꿀꺽)
하다가 져버렸다..
다음엔 '쪽. 이길 꺼야!

한솔이

김지성

우리초 강낭콩이
나를조 강낭콩보다
늦게 자라 걱정이었는데

갑자기 쑥 자라서

깜짝 놀랐다

한솔이가
자랑스럽다

땀

이효정

여름이 되면 땀
막나온다.

파도 처럼 나오는 땀
너무 짬짬하다

지우개

이효정

4년 된 지우개
아주 잘 쓴 지우개
구멍, 연필 자국, 갈라짐 등
열나게 썼는데
줄어들지 않는 지우개

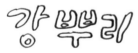 뿌리

안건우

맨 위 큰 우리 강 뿌리.
쑥쑥 계속 큰다.

얼마나 더
커질까?

기대된다!

그런데..   0?
남은 씨앗 1개는
언제나지?

어디 갔을까?

한솔이의 강낭콩

배유현

한솔아
너의 강낭콩이
썩어 가서
우리가 강낭콩을 쪼개서
씨도 쪼개 내렸어
우리 한솔이의 강낭콩이
많이 자라나 줘서
정말 고마워~

한솔아
너 내가 이제
편하게 떠나게
해줄께

한솔아 고맙고 사랑해~💗

이상한 우리 동생

전소영

우리 동생은...
이상 하다.
자기 맘대로 안 되면...
나한테 화를 낸다.
어떨 때는...
나를 때리기까지 한다...
내가 하지말라는 건
계속 하고,
내가 자기 말을
안 들으면 나를

때린다.
정말 이상한 우리
동생...
너무 싫다.
나를 못 잡아먹어서

안달이다!
4살 짜리가
왜 이렇게
힘이 세지?

강 뿌리 열매

이화

강 뿌리에게
열매가 자라서
열매를 따 보았다

쿰직쿰직하고
너무 신기했다
강 뿌리에게 씨를 보여줘
안아 주게 했다

지금 까지
힘들었을 텐데
견뎌 줘서 고마워

물웅덩이

우리는 원래
우산으로
빗방울 맞으러갔는데
비가 하나도 안와
미끄럼틀에 있는
물웅덩이 에서놀았어
그때
유찬이와 저우가 양말을벗고
물웅덩이에 들어가
낭 촹스러웠나
저우가 제일 웃겨써 ㅋㅋ

강낭콩

장화녕

콩콩이는 잎이랑 줄기가 크다
콩콩이는 귀엽다
콩콩이는 지금 열매가 났다
좀 있으면...죽겠지?
콩콩아 챙겨 주지 못하고
이렇게 떠나 버려서
미안 해

〈 스포츠 스태킹 〉

박경배

아침에 학교에 와서 컵 쌓기를 했다.
높게 높게 쌓았다.
소미의 키에 두 배였다.

2022/6/21

제3부 경험이 성장이라서

체험학습

김지성

저기있는 나무와 돌이
움직이지 않는다

저나무는 바람 때문에
나뭇잎이 날아간다

저돌은 안 죽나
우리는 죽은에
나무와 돌은 안죽은가보다

만든 비행기

문정현

12개 비행기
어떤걸 가져 갈까?

제일 잘나는걸
가져 가야지!

이름이 뭐였지?
까먹었다

쉬는 시간에
가지고
놀아야지   3.30(수)

오늘은 불이 났다.

오늘은 집에만 있었다. 블라디 점심 먹고 조금 잠을 잤다 많이 못 잤다.
헬리콥터소리 때문에

일어나서 창문 밖을 보았다.
산에서 불이 났다.
깜짝 놀랐다.
헬리콥터를
4대나 보았다.
신기했다.
나는 계속 창문 밖을 보았다.
밤 10시 30분까지 잠 못 잤다
아침 7시 30분 아직불이 있다.

도서실 개방

이효정

어제 도서실 개방
중간 놀이 시간 가봤는데

달라진건 없다.
내가 1, 2학년 땐

사서 선생님이 계셨지만
지금 5, 6학년이

사서를 맡고 있다.

떨리는 스포츠 스태킹

김소미

오늘 체육 활동에서는
스포츠 스태킹을 하였다.

박경배, 노유찬, 이지우,
문정헌,이랑 했다.

처음에는 괜찮았는데,
점점 손이 떨렸다.

그래도 정말
경기 같았다.

많이 연습해서
경기에 나가고
싶다.

하늘 나무

안건우

봉황대공원에 있는
높은 산 등반.

마침내, 정상 도착!

갑자기 머리가
아파온다.

정상 밑에 있는
벤치로가 누웠다.

그러자, 푸른 나무들이
하늘을 가려 난
넋이나가 하늘을 본다.

유빈아 안녕

이화

오늘은 4월 22일
유빈이와 함께하는
마지막날

그래서
유빈이의
얼굴, 편지를

정성스럽게

쏙쏙

칠판에 붙이고

유빈아, 안녕

강낭콩

문정현

강낭콩
새싹

그이름
콩콩이

다른
친구키

훌쩍넘네

태어날 땐
커도
커서
작아질 수
있다

4.25(화)

침대를 어디다가 두지?

배수현

이제 내일이 되면
침대를 치운다
그런데 침대는 어디다가 놔두지?
갑자기 궁금증이 생긴다

엄마, 아빠가
침대 위에 있는 것들을
모두 내리라고 해서
너무 무겁다

(2022. 4. 22. 금)

찰흙 집

이효정

말만 해도 벌써 설레는 도예

뭘 만들까, 고민만 해도 시간 순삭!
도마뱀 도순이가 좋아 할 만한
작고 어두운 집

도도이도 멋진 집 뚝딱

웅덩이

안건우

비가 오는 오늘

학교 놀이터에
있는 웅덩이.

풍덩 풍덩

재미 있다.

어? 양말이 안 젖네?
왜일까?

아! 장화 덕분이구나!

롤러

이효정

저번 금요일 롤러를 탔다
친구들이랑 재밌게
놀았는데
그 중 제일 웃기고 재밌던 롤러
남자애들 엄청 넘어지는게 웃기다.

전투기 비행기

문정현

유튜브를
보고 만든
전투기 비행기

쉬는 시간에
날려 보니
멀리 멀리
날아간다

아주 아주
잘 날아간다

4.12 (화)

학교 앞 나무

김소미

나무는 가지, 초록잎,
노랑잎, 주황 잎, 빨강잎,
색깔을 반복한다.

나는 오늘 수업 과제로
주황색 사 연물을 찍는거다.

나는 처음 발견한
노랑, 주황 색깔이
같이 있는 나무를 찍었다.

그 나무는 너무 크지도
너무 작지도 않은 나무

하지만 언젠간은
클 거라고 믿는다.

나는 나무가
대단하다고
상상했다.

열매

이효정

강뿌리가 힘들어한다
씨를 갈라보니,
뿌리가

물고기 처럼 있다
"고마워"

강뿌리는 더이상 힘들지 않아

텃밭에 상추

전소영

오늘 과학 시간에
텃밭에 가서
상추를 수확했다.
난 엄청
많이 땄다.
근데 너~무
안 좋은 건...
산모기가 너무 많다...

그래서 난!!
6군데나 물렸다.
그래도 상추를
엄마한테
많이 줄 맘에
너무 뿌듯하다.

지우가 붕대?

　　　　　배누현

지우가 축구를 하다가
다쳤다

발목인지?
딱딱한 붕대를
싸고 왔다

나는 지우한테
3가지 질문을 했다
학교 갈 수 있고
괜찮고
　걸을 수 있다고
　해서

　정말다행이다♡
　　(2022. 6. 22. 수)

영화 보러 간다

장화녕

드디어!
내일 영화보러가는날

예~신 난다

어제 저녁
엄마 한테 8천원만
달라고 했는데

글쎄! 만원을 주셨다

총금액! 만 천원 이 있다
내일이 기대가 된다

예쁜 강낭콩 강뿌리

이화

우리 모둠 강뿌리
좋은 말 많이해주려고

"예쁘다,
엄청커!"

라는 말을 해서
그런가?
강뿌리가
너무 커!
지금도크거만
무럭무럭
잘자라야해!
강뿌리야! 많이 사랑해!

비오는 날 축구

노유찬

비오는 날에 축구를 한다.
운동장 뛰고 몸을 푼다.
5학년 형들이랑 경기를 한다.

휘슬이 삑~!

경기가 시작된다.

비오는 날
많이 미끄러워서
태클이 잘 된다.
패스도 잘 나가고

비오는 날 축구는
재미있다.

뽑아줘 상추 문정현

상추들이
날 뽑아줘!
날 뽑아줘!
한다

보라색
연두색
상추
어떤걸
뽑을까?
다뽑자

마주 많은
상추를
담고

유난히
보이는

토마토
3개를

따고
상추
위에
올린다

대병초와 함께

이화

합천에 있는
대병초와
만났다

학교가 작아

4학년 수가
4명이라고 한다

그래서
대병초와
자기소개를
하고 끝났다

꽃

이 꽃은 너무 예뻐요. 크
그리고 더욱 잘 자라고 싶어해요.

괴물

안건우

대병초와 함께하는
나만의 괴물
그리기.

난 목이 아파
보건실 간 사이

모두 만들어가네.

나만 못 만들겠네.

시간도 없고
뭘 만들지
아이디어도 없네.

아이디어X
시간X

신기한 느낌

이효정

꾹 만지면 물처럼
사르르르- 쓔욱~!

손에 갈색 털이
보보봉

물을 묻히면 물껑물껑 변한다.

일찍 일어난 날

전소영

아침
7시 25분에 일찍
일어나기! 성공!

오전 5.45분

바로 씻고
먹고 양치하고
학교로 출동!

일찍 일어나고
빨리 하면
너무 뿌듯뿌듯~

다음에도

"일찍 일어난 날"
해야지 !

(2022. 5. 18)

비야! 왜 안와?

이효사

1교시: 도덕이지만
선생님께서
비를 맞으러 가자고
하셨다

그래서 우산 쓰고
들뜬 마음으로 가는데......

비야! 왜 안와?

그래서 서운했다ㅠ

영 뭐지

이에가

책을 읽자

책 제목쓰는시간에 똥싸기 싫어?
영 왜 싫지?

'비가 많이 오네가'
아 맞다
선생님 설명 들어야지행
'오늘 밖에 나갈 겁니다'
'네'
밖에 나갔다···
영 비가 왔오네!
비는 당연하지,
어머 신발 젖었네

강서 Fc 경기

노유찬

처음에는 강서가 잘하는 줄 알았지
그런데 하다 보니 할 만 하다.

6학년 경기 5,4 경기
6학년은 제일 먼저
경기 시작한다.
그런데 전,후 경기 다 이긴다.

그다음 5학년, 4학년
경기 이긴다.

우리팀 전원 승!!

냥코대전쟁

문정현

어제만든
냥코대전쟁 도감
완성!

다음편은
기능편
출시예정!

그림
그리는것이
힘들지만
만들면
뿌듯해!

시(끝)

< 도 예 >

박경배

도 예를 하면 손이 더러워지고
온까지 더러워진다
껍껍한 느낌이 나서 이상하다
그래도 재미 있다

< 더위 와 까칠함 >

박경배

오늘
더위와 까칠함이
온몸 가득

참아도 참아도
까칠 까칠
포도 음료수 먹었더니
까칠함이 뿅 사라진다

2022/6/3

강낭콩

김자성

오늘 학교에서
강낭콩
안 을 봤더니
자그마한
강낭콩들이 있었어

그 강낭콩들을
갈았더니
이상한 액체가
나왔다

열매

블라디

오늘 콩을 열었다.
신기했다.

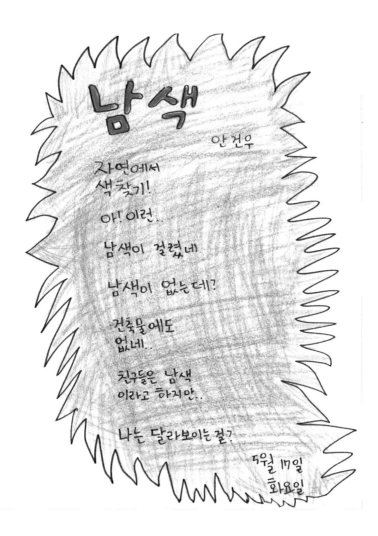

남색

안건우

자연에서
색찾기!

아! 이런..

남색이 걸렸네.

남색이 없는데?

건축물에도
없네..

친구들은 남색
이라고 하지만..

나는 달라보이는 걸?

5월 17일
화요일

삼색 고양이

이효정

집 가다 삼색 고양이와
마주쳤다
사람을 전혀 안 무서워하는 고양이
나를 졸졸 따라다니며
"냐옹"
밥도 없는데,
삼색 고양이가 불쌍하다.

6월 8일 수요일

포켓몬 빵

배수현

지성이가 학교에 오면서
나한테 줄게 있다며
기다리라고 했다

그것은 바로
빙글빙글 발챙이빵
구하기 힘들 있을텐데
고마워

지성아
우리 오래 사귀고
사랑해

너가 준오뚜기 잘
간직하고 있어~

(2022. 6. 8. 수)

기대되는 주말

장화녕

드디어 토요일!
휴대폰 그립톡이 온다고
엄마가 말해 주었다

나는 무려 3~4시간이나
기다렸다
설레는 마음으로
택배를 열어 봤더니

통통한 잠만보가 있다

스피드 스태킹

문정현

학교에
왔더니
친구들이
모두
컵쌓기
하네

나도
같이
시작!

늦게
쌓았지면
무너져
버리네

6.21 (금)

삼랑진

글:김지성

오늘은 가족과
삼랑진을 갔다
경치가 좋았다
망원경으로
마을을 보았다
엄마는
내 미소를 찍었다
왜 찍은 걸까?
내가 활짝 웃어서
그런것 같다

컨디션 다운↓

이화

컨디션이
다운↓

너무 힘들어
너무 자고 싶어

컨디션이
다운↓

원인을 몰라
더 힘들어

〈 지우의 상처 〉

박경배

지우가 발 다쳤다고 해서 보건실에 갔다
지우 상처가 심했다
지우는 안 따가울까 걱정했는데
지우가 따가워서 소리쳤다

2022/6/28

상추 수확

안건우

텃밭가서 상추
수확!

열심히 뽑자!
"영차! 영차!"

상추에 하얀
무언가가 보이네?

으.. 이상해
안해!

열매

이지우

강낭콩 껍질 속 안에
열매가 나가고 싶어 난리진다.

컵 놀이? 이에카

스포츠 스태킹?
나: 엥 스태킹?
영상 보고 아 알겠다 라는 생각들겄다
뭐 어렵진 않았다 (재밌었음?
또 하고 싶다 ☺
다음 시간에 꼭 더 하고 싶다
처음엔 컵놀이인줄 알았다

레슨

노유찬

일요일에는 레슨을 간다.
가자마자 드리블 한다.
드리블 끝나고 슈팅을 찬다
다 끝나고 우리끼리
미니 게임을 재미있게 한다.

대병초

문정현

나만의
괴물
그리기

다양한
재료들로
특징을 살려
그린다
쓱쓱
쓱쓱

만들고보니
자랑스럽고
뿌듯하다

웅덩이

이효정

우리 반 다 같이 밖을 나간다.
비 오는 소리를 듣고,
"첨벙첨벙"
웅덩이에 들어가서
조심조심
천천히

깊이가 어느 정도 되는지,
물이 어떤 색인지
관찰 한다

우유당번과 회의ㅠ

배수현

나랑 지성이가 우유당번
내가 학생 자치회 회의까지.
소영이가 할때는
자기소개를 했다는데 나는 어떨까?

왜이래
심장이 두근두근 너무 떨려~!

(2022. 6. 2. 목)

산 불

장화녕

산불이 났다
나는 그 자리에서
힘이 풀렸다
헬리콥터가 고생을 했다
산불이 얼마나 위험한지
(화산X) 알게 되었다. 중간에
불을 냈지만 그래도
큰 불 아니라서 다행

영화

안건우

오늘 영화 본다네?
기대된다!

치킨도 먹는 다네?
맛있겠다!

방과후, 태권도
모두 안 가네?

앗싸!

6월 17일
금요일

알고보니

이효정

교실을 들어가보니
어두운 교실

정전이 난 줄 알았는데
알고보니

캄캄한 교실 속
술래잡기

6월 24일 금요일

물웅덩이

전소영

오늘 1교시에
비를 느끼려고
밖에 나갔다.
아깝게도 비가
안 온다.

놀이터쪽을 돌고 있는데
씨름장에 엄청난
물웅덩이가 있다.
워터파크 같다.

노유찬이랑 이지우가
양말 벗고 거기에
들어간다.

나도 호기심에
양말 벗고
살짝 발을
넣어 본다.

발이 간지럽다.

금요일!

배수현

금요일!
나랑해서 5명
선생님 차타고

영화 보고
저녁 먹고
집 갈거다

얼마인지?
메뉴는?
어디에 갈 것인지?
다 정하라고 하셔서

다골랐다

(2022 . 6 . 17. 금)

기 분 좋 은 날

장화녕

오늘은 기분이
너무좋다
일요일에 고모와 만나니깐

맛있는거 많이 많이
사주니깐
근데!!
뭘 먹어야하는지 고민

콩콩이

이지우

처음엔 콩콩이가 싫었다. ✕
근데 같이 있다 보니 점점 좋아졌다. ♡

언제 봐도 콩콩이는 귀여워! ♡

콩콩이가 이사간 텃밭에 가보고싶다.

콩콩아! 또 보자!!

5학년 경기

노유찬

5학년 4학년 경기
근처님이 휘슬을 빽~!

경기 시작
전반전 4학년 선제골로
시작됐다.

오늘은 햇빛이 세서
너무 더웠다.

시작하자마자
내가 1골을 넣고
그 뒤로 1골 먹혔다.

전반전 차이가 많이 난다.
4:1
후반전 시작하자마자 내가
1골 넣었다.
5:2 졌다.

도예

문정현

만들기
하고
자유
만들기
시간
찾아왔다

그중
한것은
공만들기
굴리기!
굴리기!
정점

거지면서

볼링공
축구공
농구공
되네

오늘은 벌써 월요일 //

배수현

벌써 월요일 이다
또 지옥이 시작 된다
학원에서 외우고 쓰고 적고
너무 힘이 든다

그래도 똑똑해 지고 싶어서
매일 매일 거의 하나도 빠짐없이 다닌다
흥 내가 똑똑 해질 생각에

기대가 되고 설렌다
커서 가수가 되려면
똑똑해야 되기 때문이다

2022년 7월 14일 목요일

〈 나만의 괴물 〉

대 병호와 함께   박경배
나만의 괴물 만들기를 한다
화면이 켜지 가 마자
애들이 안녕 이라고 인사을 한다

괴물 만들기 롤서
작 햇지만 기억이 나만 안
나서
색연필에 잇는 괴물은
보고 만 돈다
시간이 없어서 조금만 들고 못 햇다

앤트리 봇

이화

앤트리봇이
움 직인다

내가 블럭을
맞추면

그 대로 움직인다

다시 봐도 계속 봐도

신 기하다

워터 파크

안건우

오늘은 워터파크
가는 날!

원래는 3학년때
갔어야 했는데
이제야 간다.

워터파크 에서
신나게 놀다가

벽에 부딧쳐서
상처가 났다.

마치는 글

프로젝트 학습을 하며 어린이 시인으로 지냈던 느낌을 옮깁니다.

★ 처음에는 시 쓰는 것이 싫고 귀찮았지만 계속 쓰다 보니 뿌듯하고 제가 한층 성장함을 느꼈습니다.

★ 내가 가장 기억에 남는 시는 포켓몬빵 시이다. 글은 내가 썼지만 그림은 에카가 그려 주었어. 시를 쓰는데 힘든 점도 있었는데 뿌듯한 마음도 든다.

★ 처음 할 때는 시가 뭐지 했는데 하다 보니 신이 났다.

★ 내가 기억에 남는 시는 다대포 시. 할아버지와 함께 다대포에 갔던 기억이 자꾸 떠올랐다.

★ 가장 잘 썼다고 생각하는 시는 '도순이'. 처음 시를 썼을 때와 비교하면 멋진 시가 된 도순이 시.

★ '늙은 새싹이'는 우리가 과학 시간 식물의 한 살이로 키운 강낭콩이다. 키우다 보니 열매도 맺고 헤어질 시간이 되어 이 시를 썼다.

★ 어린이시를 처음 쓸 때는 힘들고 귀찮았는데 지금은 글씨체도 좋아지고, 시를 빨리 쓸 수 있게 되었어요. 재미있었어요.

★ 시를 다시 읽는데 마르크와 싸운 기억이 나서 슬펐어요.

★ 공원에서 즐겁게 놀았던 기억이 나서 좋았어요.

★ 시를 쓰는 동안 재미있었다. 다 쓰니 뿌듯하다.

★ 시를 쓰다 보면 재미있어. 그래서 난 늘 쓰려고 노력할거야. 지금도 쓸 수 있어.

시

시는 재미있어
시는 슬픔도 있고
웃음도 있어.
시는 다양해.
시 쓰는 건 재미있어.
난 지금도 쓸 수 있어.